HERMANA MAYOR COCO

LA SORPRESA DE CUMPLEAÑOS

Escrito por
Jesse Byrd

Ilustrado por
Lau Moraiti

Para mi hermanito, Isaiah
—Jesse

Para mis amores, quienes me
inspiran a perseguir mis sueños
—Lau

Diseño de libro y portada por Lau Moraiti
9781223187105 Tapa blanda Español
9781223187112 Libro electronico

Publicado por Paw Prints Publishing
PawPrintsPublishing.com
Impreso en China

1.

¿Dónde está el regalo de Bo?

OLAS LOCAS SALPICANTES!
MY BIRTHDAY
COOL BEAN

Está aquí
EN ALGÚN LUGAR.

Pero, no sé
DÓNDE.

¿Qué estás buscando, Bo?

¡Hey, Coco!
Estoy buscando
mi regalo de
cumpleaños.
TAP
TAP
TAP

¿Realmente crees que está en tu cesto de ropa sucia?
LAUNDRY
MIGHTY MARA
Cada año, Mamá y Papá lo esconden en algún lugar de la casa.

Mi cumpleaños es en tres días.
No puedo esperar tanto tiempo para abrir mi regalo.

Coco, tú eres buena encontrando cosas. ¿Me ayudas a encontrar mi regalo?
¡Por supuesto, Bo! Esto será divertido.
Mi primera pregunta es...

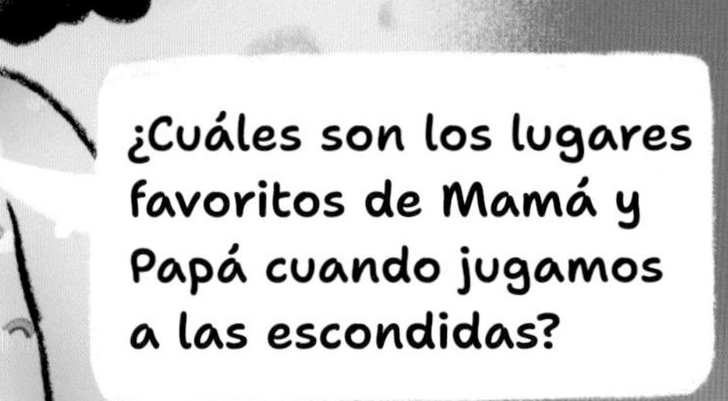
¿Cuáles son los lugares favoritos de Mamá y Papá cuando jugamos a las escondidas?

No hay nada detrás de las cortinas.
Nada en el armario.

¡Encontré algo **detrás del sofá!**

Es un trozo de cinta roja.
Mamá y Papá usan cinta roja...
¡PARA ENVOLVER REGALOS!
¡Buen trabajo, Bo!

Ahora, mi segunda pregunta...
¿En qué partes de la casa no pasamos mucho tiempo?
El sótano,
La habitación de la abuela,

Y el garaje.
¿Qué está haciendo mi pingüino de peluche en el garaje?

Bo, ¿tú dejaste este juguete aquí?
No.
Si tú no lo dejaste aquí, entonces alguien más lo hizo.

¿Sabes lo que esto significa?
¡Alguien estuvo en mi habitación!

Hmm. Creo que tengo mi tercera pregunta.
¿En que parte de tu habitación guardas este pingüino de peluche?
En el mismo lugar donde guardo todos mis juguetes.
En mi...

BAÚL DE JUGUETES

Está bien, chicos. Esperaba que lo encontraran. Es parte de la diversión.

Puedes abrirlo.
¡Feliz cumpleaños, Bo! Nos vamos al...
¡Parque acuatico
OLAS LOCAS SALPICANTES!

2.

¿Qué debemos llevar?

CUMPLEAÑOS!

hermanito.

¡Vamos al parque acuático

OLAS LOCAS

Pero espera, ¿qué lleva la gente al parque acuático?

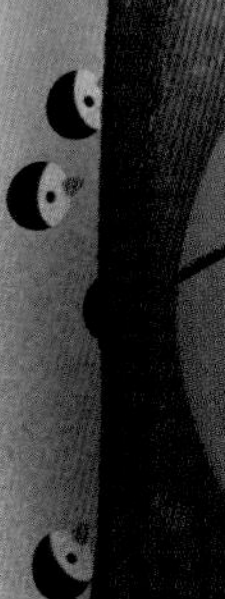

SALPICANTES!

3,2,1

No lo sé. Nunca hemos ido a un parque acuático.

¿Qué
empacaste?

NADA

Quería ver lo que
empacaste primero.

Podemos resolver
esto juntos.

¿Traerás tu león de peluche?
Quizás los peluches no son tan buenos para el parque acuático.
¿Estos "cositos"?
HOLA
¡Sí! Los lentes de natación me ayudan a ver bajo el agua.

SLIME
SLIME
¿Y qué hay de tu juguete favorito?

Puede que mojar mi slime en el parque acuático no sea divertido.

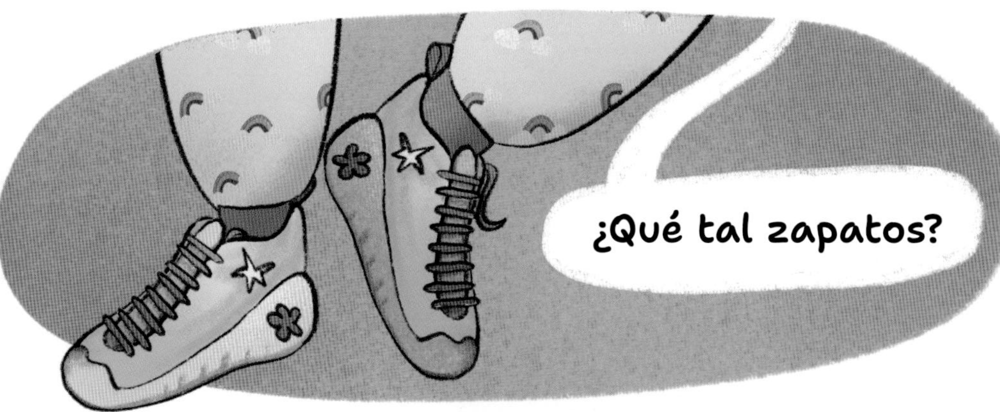
¿Qué tal zapatos?

¡Sí! Pero quizás zapatos que puedan mojarse.

¿Estos?

¡Estos son PERFECTOS!
Espera, ¿cómo sabías que estaban en mi closet?

Tomo prestadas tus cosas muy seguido.

¡Okay, estoy listo!
Creo que nos falta algo.
Nop.
Esto es todo. Lo puedo sentir.
PFFFFT
¿Vas a nadar en tus pijamas de pingüino?
¡YEE! ¡LO HICIMOS!

3.

¿En qué atracción debemos subir?

OLAS LOCAS
¿A qué atracción deberíamos ir primero?

¡ANTES!
¿A la de superhéroes?
UD. ESTÁ AQUÍ

La fila es
DEMASIADO
LARGA
¿Qué tal esta otra?
Muy aburrida.

¡Espera, veo un ganador!
ESE
COOL
¿Aquel tobogán muy MUY grande?
Sí. No hay mucha cola y parece divertido.
De acuerdo. Si dices que se ve divertido, lo probaré.

Es tu cumpleaños, Bo. Así que, tú vas primero.
¿Qué pasará cuando baje por el tobogán?
No lo sé. ¡Esa es la parte divertida!
COOL

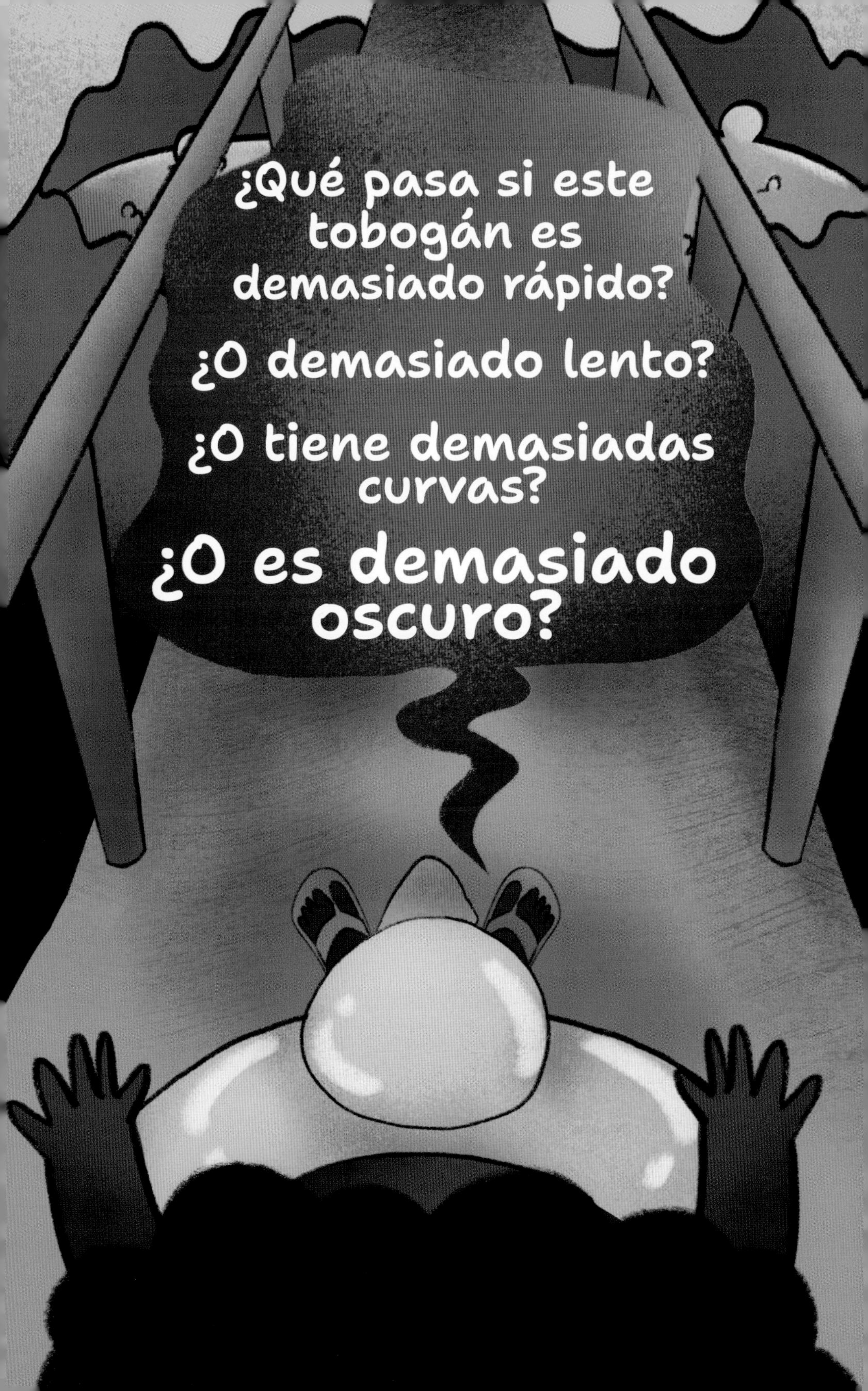
¿Qué pasa si este tobogán es demasiado rápido?
¿O demasiado lento?
¿O tiene demasiadas curvas?
¿O es demasiado oscuro?

Bo, ¿estás nervioso de tirarte por el tobogán?
UN POCO.
Espera. Más que un poco.
No tienes que tirarte si no quieres.
Podemos probar otra atracción y divertirnos.
No. Quiero *intentar* al menos una vez.
De acuerdo. ¿Qué tal si voy primero?

Cuando llegue abajo, gritaré "pepinillos" para hacerte saber que es seguro.
Gran idea.
PEPINILLOS

PEPI

¿Están listos
para cantar feliz
cumpleaños y
comer pastel?

FELIZ CUMPLEAÑOS
¡Pide un deseo, hermanito!

QUERIDO BO!!!
Deseo que todos los días puedan ser tan divertidos como este.
5

JESSE BYRD

Lo más importante de saber sobre Jesse es que es un hermano mayor al que le encanta molestar a su hermano menor. Chistes malos. Lo provoca hasta obtener una reacción. En ese trabajo, Jesse se considera un artista.

Cuando no está haciendo eso (y lo hace mucho) probablemente esté creando historias para jóvenes lectores.

LAU MORAITI

Lau ha sido hermana mayor casi toda su vida. Le encanta jugar juegos de mesa cada vez que su hermano la visita. Cuando eran niños, disfrutaban de "¿Quién es Quién?" y juegos de cartas.

Es una artista de Uruguay, un país pequeño en Sudamérica. Es una madre a la que le encanta dibujar historias para niños.

También le encanta comer pizza, el color rosa y tener muchas mascotas.

¡Usa el hashtag ***#bigsistercoco*** para compartir TUS cosas favoritas para hacer con tus hermanos o hermanas!